NEW kid

新來的同學

JERRY CRAFT

傑瑞・克萊福

劉清彥 ——————— 譯

獻給我們之中的喬登 · 班克斯

目 錄

我說的並不是真正的墜落，
這只是個隱喻，是我在
課堂上學到的。

小時候，我總希望自己是超人，
這樣我就不會墜落，反而還能飛。

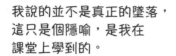

第 1 章

藝術戰爭

但我已經十二歲了，
明白那種想法有多愚蠢。

我應該希望自己是蝙蝠俠才對！
有噴射機，根本就不需要會飛。

喬登，
你在聽嗎？

你為什麼看不出來
這個地方有多棒？

親愛的，
來看看他們的
網站！

媽，
妳給我看過
很多遍了。

好啦，那裡
真的很厲害。

喔，親愛的，
我知道你很想去讀
藝術學校。

可是你這麼聰明！

查克，
快告訴他。

喬登，
你真的
很聰明。

你讀藝術學校
太浪費了。

這是整個州裡
最好的學校之一，

就像哈佛一樣
厲害。

查克，
你跟他說。

2

1.1930 年代由愛德華 · 哈金斯倡議的一種自由討論授課方式。

老爸的男子漢養成術
「握手篇」

握手是世界上
最重要的禮儀。

為什麼？

我不知道，
沒有人知道。
但是要這麼做。

步驟一：只能用
右手…就算是左
撇子也不例外。

步驟二：眼睛
一定要注視對
方的眼睛。

好手　　　壞手

步驟三：切記，握的時候要堅定握緊，態度越堅定，
對方就會越尊敬你。

嗯…

你錄取了！

不好　　　　　中等　　　　　最好

萊恩，
你待在車裡。

把門鎖上！

你一定就是
喬登…

我是蘭德斯先生，
萊恩的父親。

步驟一

步驟二

蘭德斯先生，
真高興見到你。

拚命盯著！

我是
查克 · 班克斯。

比爾 · 蘭德斯。

很高興…噢！

喀啦！

11

12

第2章

前往河谷鎮
~
去而復返

18

24

25

27

早安。

早安，
進來吧。

歡迎。

你叫什麼名字？

老師，我叫
安德魯・艾利斯。

喂！
老兄，抱歉！
那個名字已經
有人用了。

就是我。

好吧，現在有兩個你了。

沒關係，
叫我德魯
就好。

很好，問題解決了。

德魯，找個位子坐下來。

然後介紹一下自己。

好…嗯…我和奶奶住在布隆克斯區。

我最喜歡的科目是數學。

嗯，
我在這裡…

我的
第一堂課…

我已經迫不及待
這一天趕快…

…結束！

鈴～～鈴～～鈴～～鈴～～

你熬過第一堂
導師課了。

你接下來
要上什麼課？

嗯…嘉納老師的
初級代數。

安迪說
我一定會喜歡他。

第３章

飢餓遊戲：
別再笑喬登

哇！
你很會嘛！

你叫喬登對吧？
我是艾力克斯，
和你同一個班。

我可以看
你的畫嗎？

嗨，
艾力克斯…
可以啊。

嘿，
喬登。
他是雷曼。

嗨，喬登，
歡迎來到河谷
學院中學。

謝謝你，
雷曼！

抱歉，
打斷你們這些
「失戀男孩」的
談話…

這張桌子是
八年級生專用的！

沒錯，
不是給七年級
魯蛇坐的。

看來，這裡的座位
是安排好的！

43

嘿，喬登！

喔，嘿，柯克！

你爸說你差不多這個時間會到家。

今天還好嗎？

對新學校有點失望。

是喔，我懂，我知道那⋯

喔⋯

喬登，我等一下再來找你。

好，再見。

他是誰啊？

嗯⋯住在對街的朋友。

48

…然後他送我回家。
說完了。

有啊，
他坐在門前的
階梯上。

哇…對了，
你在外面遇到
柯克了嗎？

他很早就來
按門鈴了。

可是我和萊恩在一起，
所以感覺有點怪怪的。

為什麼？

不知道，就是覺得怪怪的。

嗯…

51

第**4**章

上上流的Z
Z 西城
Z 故事

54

我是蝙蝠俠！

怪胎！

嗨，諾斯先生、諾斯太太。

嗨，喬登。

喬登搭公車祕訣

要融入搭公車上學的路程是很困難的事！
我必須讓自己像隻變色龍。
舉例來說，在華盛頓高地，我得試著看起
來很強悍。

英伍德區有點不同，我可以放下連衣帽。
這裡的人早上都不會笑，所以你也不會看到
我的笑容。

到京斯布里區時，所有公立學校的學生都下車了，
所以我可以摘下太陽眼鏡，甚至還能畫畫！

最後抵達河谷鎮時，我就得盡力卸下所有武裝！
沒有太陽眼鏡，當然也不能拉上連衣帽，甚至連畫畫都不行，
因為人們會以為我要用麥克筆在公車上亂畫！

好吃

我喜歡二次方程式，
你呢？

天哪！等我到學校時，已經快累死了！

那個新同學
還滿酷的。

看起來沒什麼
威脅性！

Jordan
Banks
喬登‧班克斯

嘿，
「我搭很炫的車來學校，其他人只能搭臭公車」先生。

這輛車沒有很炫好嗎？

抱歉，公子哥，我開玩笑的啦！

河谷鎮

是我的錯，喬登。只要我爸一離開，我媽就變得很焦慮。

你爸也常去旅行嗎？

沒有，他在距離我家不遠的地方經營社區活動中心。

所以他一直都在家。

你真幸運。

我爸一天到晚出差，不然就是去打高爾夫球…

或是邊出差邊打球！

60

▶▶ 我覺得教生物的羅奇老師是我的最愛，他實在太有趣了！

而且那個叫哈金斯的課程太酷了。我們圍坐在大會議桌旁，感覺好像在開很重要的會議。

這位是我的助教，骷髏先生…

他是個不折不扣的傻蛋。

我是不折不扣的蝙蝠俠！

鈴～～鈴～～鈴～～鈴～～

你們這些兔寶寶，快走！

今天沒有作業，我買了票要去看音樂劇「漢米爾頓」。

嘿，莫利，我是喬登。

嗨，喬登。

你住哪裡？

喔…嗯…城裡…

你知道的，市區。

喔，中央公園西區嗎？

嗯…差不多啦。

你玩 XBOX 或 PS4 嗎？

老實說，我不太玩遊戲，

但我玩過一次 MINDCRAFT。

你是說 MINECRAFT[3] 吧。

3. 電玩遊戲。

4. 花椰菜蓋伊（Broccoli Guy）是電玩 Skylander 中的一個反派角色。

喬登的秋季運動指南

首先，我們的球隊叫「河谷學院中學蝌蚪隊」，簡稱「河谷蝌蚪」！唉！

布萊德
蝌蚪
吉祥物

這學期每個人都必須加入一支球隊，或是去參加音樂劇甄選。但我不會唱歌！

我想過加入美式足球隊，但後來我想到這個！

喬登
班克斯
「優瓜」
生於 20…
死於
猛烈衝撞

我的其他選項是：越野賽跑、排球、競技瑜伽、極限飛盤（沒在開玩笑）和足球。

雖然我從來沒踢過足球，但萊恩告訴我，要進入五支足球隊的其中一隊，只需要這個：

第一隊：校隊

第二隊：校隊第二隊

第三隊：校隊第三隊

第四隊：初階A隊

第五隊：初階B隊

猜猜我是哪一隊？

他們甚至還選我當隊長，
因為我是唯一沒有在練習過程中
嘔吐和腦震盪的人。
呃，校隊真的很厲害！
每個球員幾乎
都能飛到空中
展現美技。

家長會在看臺上
為他們的孩子
歡呼加油。

太棒了！
得分！

至於我們的球賽，
看起來就像是在為低成本
空手道電影甄選角色。

家長利用這段時間收信
或和朋友玩
填字遊戲。

太棒了，
三倍分！

Jordan Banks
喬登．班克斯

77

第 **6** 章

喬登 · 班克斯:
非冬季戰士

84

86

嘿，喬登，我們到家了。

家長之夜如何？

喬登·班克斯！你西班牙文竟然只得 C ？

抱歉，媽，哈威爾老師都不教我們第二人稱複數形，

但我現在懂了。

查克，去問個清楚。

饒了我吧。

爸，情況還好吧？

那是我要問你的。

嗯，還好吧…我想。

就是那個…

什麼啊。

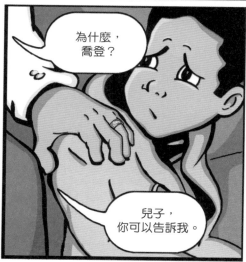

外面冷得要命，誰會想坐在草地上啊？

那…嗯…
其他老師
有說什麼嗎？

我做了筆記。
伯斯納老師說你都準時交作業，
而且做得很好。

羅莉老師說，
你的言行舉止
都很得當。

如果你在金斯頓區，
這是一種讚美。

嘉納老師說，
你的初級代數
學得很不錯。

95

喬登，
我們大概可以體會
你在那裡的感受。

兒子，
我知道那不容易。

對，
但有其必要。

查克，
這件事我們已經
談過了。

親愛的，
你知道我的公司是
全世界最大的
出版社之一…

我們出版九十種
不同的雜誌。

但你知道我們
一千兩百名員工裡，
有多少非裔美國人嗎？

我知道，媽，
五十個。

四十八個！

他們剛資遣了
行銷部的多娜和吉妮。

重點是，
如果想在
主流企業
出人頭地，
就得知道
這個遊戲該
怎麼玩。

艾莉絲，
並不是每個人都
玩得起那個遊戲。

他們也
未必要玩！

那就是我想
逃離的生活。

雅莉珊卓的爸媽說，
你想和我們做朋友。

我們很
開心喔！

等等…
什麼？
不…
他們…
說…
他們…
是和…
艾力克斯的…
父母…
說話…

不對，呆瓜，
我爸媽在家裡都叫我
「艾莉克絲」。

天啊！
我爸媽沒有跟
艾力克斯的父母說
我有多喜歡他…

他們是跟
雅莉珊卓的父母說
我有多喜歡她！

哇！

他們說有些動物會
咬斷自己的腳來擺脫陷阱，
我一直聽不懂…

因為我想起爺爺曾經說過：
「你不必喜歡每一個人，
也不必因此表現得像個渾球！」

現在我懂了！

6. 指 LeBron James，美國職業籃球員。

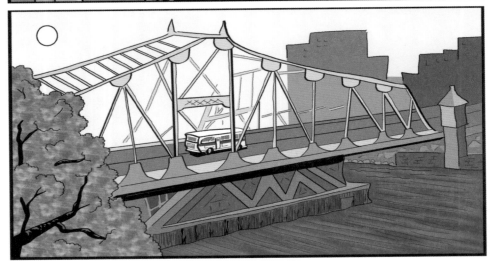

第 7 章　中國美食網

▶▶感恩節假期：星期六醒來，腦中就一直浮現爺爺的身影，結果…

我長高了！

嗨，老兄！

爺爺！

我正好在想你呢。

我也正好在想你。

你長到180了沒？

我也希望…

那…你好嗎？

我是說…你在那裡開心嗎？

當然！那裡安靜又平和。我很抱歉離開了你，但我也該繼續前進。

我現在住的地方真的好很多。

（嘆氣）我很開心…

但也很難過，因為你…你…

你…你知道…

111

112

113

115

和媽媽拍照
一則恐怖故事！

首先，媽媽怎麼也找不到她的相機，它可能在任何地方！

在馬鈴薯沙拉後面

再來，那臺相機真的很舊！那是她爸爸留下來的，所以她不肯買一臺新的，也不用手機拍照。這種相機還要用一種叫作「底片」的東西！

自己上網查吧！

然後，她會要我們拍多到數不清的照片，希望裡面有幾張還不錯。

但幾乎沒有一張是好的！

Furman Fraser 漫畫橡皮擦

接下來換她了。
一樣會拍多到數不清的相片，
有時候她還會中途去換裝，而且拍照時總是問一大堆問題。

我的眼睛有睜開嗎？

我有笑嗎？

我看起來怎麼樣？

這就是那些照片的成果…

閉眼睛

沒笑

不予置評

最糟糕的是，
等她拿到沖洗出來的相片
（沒錯，就是沖洗），
看見那些相片有多糟糕時，
不管做什麼都為時已晚了。

喔，不！

照相館

等等，查克，
把樹扛進來，
我們得重拍聖誕節的相片！

結束

喬登‧班克斯

118

119

第8章

衝出
南上城⁷

7. 此章名引自美國樂團 Straight Outta Compton。

8.科羅拉多州著名滑雪場。

127

128

從書的封面
判斷故事主人翁！

主流書

非裔美國人的書

主流書的封面：

很酷、色彩豐富、
充滿魔法和希望！

主流書的情節：

亞米王子擺脫他枯燥沉悶的生活，
殺死巨龍、拯救布里公主，
並且向他的父親證明，
有朝一日，他會成為受人尊敬的國王。

非裔美國人書封：

壓抑、沮喪的相片，
既寫實又充滿絕望感

非裔美國人書的情節：

連續三年搬遷了三座城市後，
達奎爾·「速克達」·傑克森
必須下定決心，要繼續追尋成為
NBA球員的夢想，
還是加入惡名昭彰的幫派。

主流書中的英雄：

住在魔法國度！

住在穩定的家庭！

追求更好的生活！

父親是國王！

書評：

這個令人頭皮發麻的故事，
鼓舞了所有年紀的讀者，
在找到自己追尋的寶藏前
絕不輕言放棄。

——《學校圖書館期刊》

非裔美國人書中的英雄：

住在車篷裡！

住在破碎的家庭！

只想活下去！

父親不見蹤影！

書評：

當今城市
求生勇氣法則的
殷戒與提醒。

——《JET》雜誌[10]

Jordan Banks
喬登・班克斯

10. 美國非裔雜誌。

▶▶神祕聖誕老人：第一天

哇————！

快看，
是布朗尼蛋糕！

好好吃！

完勝
我這根斷掉的
枴杖糖！

德魯，
你拿到什麼？

超大餅乾…

籃球造型的！

我覺得…
還可以啦。

10. 原文 Sweet Potatoes 是地瓜，但艾希莉在這邊以字面上的意思理解，以為是甜馬鈴薯。

第一天：**籃球造型餅乾**

第二天：**肯德基**的禮券

135

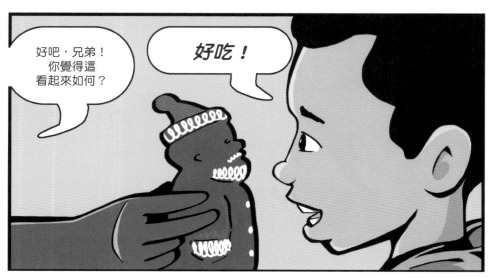

137

138

嘿，喬登，
放假的時候
你要來嗎？

去你家？

不是，是玩
「運動置物櫃」啦！
唉，我傻了…
當然是來我家。

這樣我就能把你
殺得片甲不留！

喔，算我一份！
傳簡訊給我。

可是…嗯…
你來的時候能不能…
你知道的，別扣帽子。
喬登，可以嗎？

好啊…當然，
我是說朋友
不會給對方扣帽子，
我們是朋友對吧？

我們當然是。
再見嘍。

嘿，小兄弟，你在
喬治·華盛頓的
音樂劇裡
表現不錯嘛！

（嘆氣）…
剩下五年半而已！

第 9 章

寬扎節[11] 的故事

=11. 非裔美國人每年 12 月 26 日至 1 月 1 日的節慶，目的在紀念非洲文化的價值。

▶▶聖誕假期

嘿，柯克，
謝謝你來。

你好嗎，
喬登？

好久不見，
還以為你把我忘了呢。

才怪，
我絕對不會
忘記你…

你是我的
蝦撈麵！

你的
什麼？

相信我，
那是好東西。

柯克，
真高興見到你…

喬登跟我說過
你會來。

嗨，
班克斯太太。

142

你的新學校如何？

還好。

但有時候不太好過，像上個禮拜，有個小孩帶了違禁品來學校。

他帶槍去學校嗎？

沒錯！防衛用，幸好警衛發現了。

我敢打賭，你們學校絕對不會有這種事。

你開什麼玩笑？上禮拜他們才在一個小孩的置物櫃，搜到一條士力架巧克力棒。

那又怎樣？

喂！兄弟，我們是「無堅果學校」耶！

好吧…那種塞滿花生的東西是違禁品。

一有差錯就「砰」！
過敏性休克！

孩子，
那就是我們江湖上的
打滾方式。

喬登，聽起來
你好像是混幫派的！

真有趣！
我一直很想來這裡，
謝謝你邀請我。

沒什麼，柯克，
你是我的老朋友。

我的功課多得要命，
到了週末就想睡覺。

真的？

千真萬確！

知道了、知道了，就說妳不必跟我來應門了！

他都這樣跟他媽說話的嗎？

嗨，喬登，謝謝你來！嗨，班克斯先生！

喬，我什麼時候來接你？

喔，班克斯先生，你不必擔心，我們會確保他平安回到家。

喔…好吧…那…你們好好玩吧。

魯蛇！

爸？

什麼事？

真的很謝謝你，你是第一名！

149

蘭德斯太太，
再見。

再見，親愛的，
隨時歡迎你來。

那麼…我們
還是哥兒們？

是啊，
為什麼不是？

太棒了！
聖誕快樂，喬登！
這是給你的。

哇，
謝謝！

可是我沒有
準備禮物。

你是我的
朋友，

這就
夠了！

153

▶▶ 聖誕節當天，我想要的禮物其實不多，只要NBA 2K遊戲。

我知道那太貴了，除非降價到五十美元以下，否則我根本別想買遊戲軟體。

血腥遊戲

血腥遊戲

哇！是小精靈！

大特價

破盤價

這就是我總是遠遠跟不上大家的原因。

爸，這個喬‧納美斯又是誰？

新品牌

但我真正想要的偏偏沒有人能給…我想爆炸性的長高！如果能成真就太棒了！

哇，謝謝你們！

兒子，快試試看。

看，我193公分高了！

開始嘍，輸家！

來吧，費勒斯，我們要猛打！

正確的說法是，你們要打猛一點。

163

襪子玩偶
的
恐怖
照片秀

第10章

「淡黑騎士」的故事

我希望自己是蝙蝠俠。

不只是為了那些很酷的理由。

我是復仇者！

很高興見到你。

或是他很有錢的事實。

不只有錢，而且還非常非常非常~~~有錢。

我希望自己是蝙蝠俠，這樣我就能自由變身！前一分鐘他還在董事會。

我是布魯斯·維尼。

下一秒就在出現在城裡最危險的地方，並且毫無畏懼！

我是蝙蝠俠。

儘管他似乎沒有朋友。

嘿，阿飛，要來玩牌嗎？

我退出！

午安，我是
艾希莉 · 馬丁。
歡迎大家來到
「河谷學院中學假期回顧」…

我們一起來看看
放假期間的贏家和輸家。

最大的贏家肯定是辛蒂·馬可斯，
因為她父親獲得搭乘太空梭
環繞地球軌道過新年的特權。

所以她的假期
就字面上來說，
應該「離開地球」了。

羅比以些微差距落居第二，
他們全家今年和教宗
一起共度聖誕節。

啊…甜蜜的羅馬假期！

安迪則是和他的親信柯林去了夏威夷。
「幸好我們沒去夏威夷！」
大家都這麼說。

假期的輸家有
喬登、德魯、莫利、艾力克斯、雷曼和
令人毛骨悚然的布偶女孩。

事實上，
我去了托斯卡尼[14]
的別墅度假。

我馬上更正。

14. 位於義大利西北部。

現在來比比看
誰晒得比較黑！

喬登，你看，
我比你還黑耶！

（嘆氣）…我還以為自己在
聖哈威爾的經歷已經夠慘了！

沒想到這裡更糟！

快閃回顧

嘿！快來看，
我的全麥麵包
竟然比喬登還黑耶。

它甚至還沒烤過喲！

來吧，老兄，
我請你吃午餐。

▶▶ 蹩腳藝術課

大家好，我是史萊特老師，歡迎來上「視覺藝術」。

我在這裡教了十二年，也舉辦過好幾場畫展。

這些是我的作品。

就像你們看到的，我透過形狀和顏色層次來創造自己的藝術靈氣。

每種顏色都有自己獨特的靈魂…

好吧，我們來關掉這玩意兒。

這不是演習！再說一次，**這不是演習！！！**

運作即將停止。3…2…1…

斷電！

▶▶五天後

喂，畢卡索先生，你對那個有什麼看法？

我不知道，柯林，我有點討厭那種東西。

我想學怎麼畫真正的東西，而不是一堆小孩的塗鴉！

我懂。

不過你還是應該試試看，說不定很好玩。

我是說，還有比這個更糟的嗎？

嗯…
你人挺酷的…

為什麼要和安迪
一夥呢？

哈！你不是第一個
問我這件事的人。

他其實是
挺正派的人…

雖然我知道他
有時候會越界。

有時候？

如果界線
在這裡…

那安迪根本一～～～～
直在界外好嗎！

沒錯，
但就是那種時候
才好玩啊。

* 壓爛（squash），原文也有壁球的意思。

178

▶▶ 數學課下課後

真是冷酷！
可是棒呆了！

他活該！

沒錯。

該走了，
我爸要來接我。

等一下
要和我跟萊恩玩
「使命召喚」[16] 嗎？

好啊，七點左右
可以玩一下。

不過只能玩一、兩局，
然後我就得讀書了。

酷！
待會見！

16. 電玩遊戲。

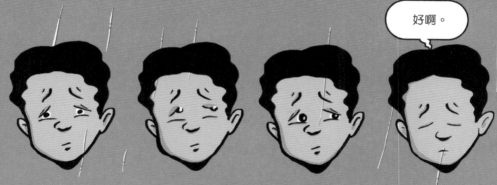

181

182

這時候你應該要跟我說：沒有人覺得妳是個怪胎。

就算他們真的覺得我是。

喔…抱歉，雅莉珊卓。
我爺爺常說：
「千萬別用謊言安慰人。」

不必道歉，喬登。
我欣賞你的誠實。

啊，
抱歉！

謝了。

這就是我的下場，在雨中
和全年級最怪的小孩說話。
也許是全校最怪的…

我竭盡所能的想要相信，
說不定她不像大家想的那麼怪，
說不定她不會一直拿著那些
愚蠢的布偶，也不再用那種
惱人的布偶聲音說話，
這樣大家就會發現她其實還不錯。

可是內心深處，我最大的希望是…
我是說，我竭盡所能希望的是…

186

第11章

尖叫球場

棒球糗人堂！

到了春天，
我們的運動選項有：
棒球、賽艇隊、網球、
擊劍，還有一種用
裝了網子的棍子
接球的運動，
看起來頗困難。

那些運動我這輩子都沒碰過，但我至少從
XBOX職棒大聯盟2006年版的遊戲和電視
轉播的球賽中學會一些規則。

德魯也完全不知道這些運動要怎麼玩，主要是因為他住的地方，
那裡的公園甚至比我住的地方還要少。

公園！

好消息是，他們把我們編在同一隊。
壞消息是，由於很多小孩都選了棍子上
有網子的那種運動，剩下的人
只夠勉強組成一支菜鳥棒球隊，
所以安迪也在我們隊上！

喬登‧班克斯

然後我們發現為什麼那麼少人選棒球的原因了。
這位是吉姆・邦杜迪教練！

首先，誰能不為「邦杜迪」[18]這個奇怪的姓氏哈哈大笑？

讓我告訴你真正的原因：傳說在1997年，有個「熱狗」（愛賣弄的人的綽號）犯了嘲笑他姓氏的錯誤。

18.Bumdoody 的原文拆解開來 Bum 是乞丐的意思，doody 則是屎。

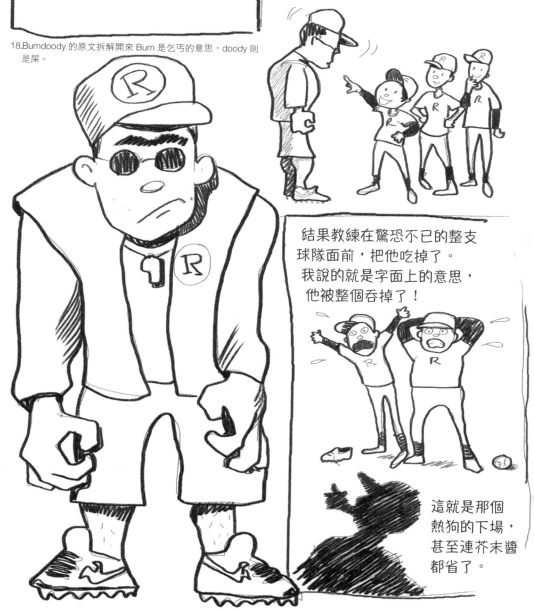

結果教練在驚恐不已的整支球隊面前，把他吃掉了。
我說的就是字面上的意思，他被整個吞掉了！

這就是那個熱狗的下場，甚至連芥末醬都省了。

192

193

公益活動發布

你們好，我是
歐普拉 · 溫芙妮，
我需要你們協助處理一個
棘手的問題。

因為你們學校
正面臨一件事，
而你可能還不知道。

一件
很不好的事。

最糟糕的是，
你的一些朋友
可能已經遇上了。

他們遇到
什麼問題？

冰箱

▶▶兩星期後

你媽會做
墨西哥油炸玉米餅
還是一般的玉米餅 ¹⁹？

安迪，
別再鬧了。

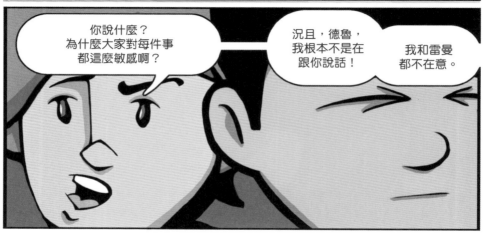

你說什麼？
為什麼大家對每件事
都這麼敏感啊？

況且，德魯，
我根本不是在
跟你說話！

我和雷曼
都不在意。

那是你自己說的，
你為什麼不問問他？

別緊張，德魯，
我只是想當個…

19. 安迪故意嘲笑雷曼的出身。

198

從那一刻起，
一切都過頭了！

過頭到一個
像我這樣的小孩
怎麼也無法融入。

過頭到一個
原本該融入的小孩
卻想盡辦法逃離。

過頭到
原本的好孩子
被責怪為壞孩子！

過頭到
壞孩子因為他惡劣的行為
而獲得獎賞！

也過頭到
我覺得自己完全無法
掌控任何事！

207

各位，
我馬上回來。

嘩啦！！！

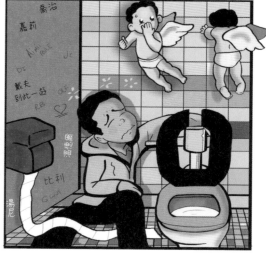

210

（倒抽一口氣！）…
我把素描本
放在哪裡了？

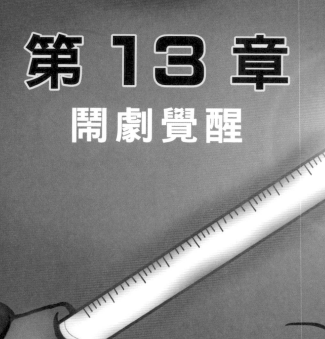

第13章

鬧劇覺醒

215

棍子和石頭或許能打斷我的骨頭，
但至少我終於正名了！

以前，我覺得有人給我取綽號
是最糟糕的事！

呆頭！

但你知道嗎？「呆頭」
對我來說還好，
因為我的頭一點都不呆。

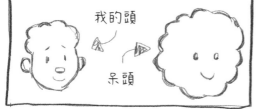

我的頭

呆頭

「臭鼬」這樣的綽號也都還好，
因為我並不臭。
（大多數的時候！）

愛現！

我也早就習慣別人叫我
「矮冬瓜」、「奧利歐」和「瘦白猴」
（又瘦又矮，膚色又淡），
甚至還有上千個其他綽號。

因為那些綽號大都來自
一些沒有自信的傢伙，
他們希望我因此討厭自己，
就像他們不喜歡自己一樣。

有時候他們可能是嫉妒我。

嘿，
書呆子

但你知道我被叫過最糟的
綽號是什麼嗎？

蠢怪胎
GEEK

別人的名字都很正常！

你好，迪安德瑞。
你好，莫利。

這表示他們甚至
沒有花時間好好看著你，
從你身上找出可以
羞辱的地方！

不過他們
卻能記住
這個！

我要雙倍
抹茶拿鐵
卡布奇諾
濃縮咖啡！

他們的意思是，你根本不值得
他們花時間，因為你…

一、
點、
都、
不、
重要！

Jordan
Banks
喬登・班克斯

218

219

不過如果這些事
真的都發生了，
那我抨擊學校又怎樣呢？

我沒有冒犯的意思，
但妳一直叫錯
德魯的名字。

這學期都快結束了。

有些學生
真的瞧不起那些
領獎助學金的人。

他們會*盯著你看*。

一直看！

與眾不同
真的很不容易！

可是喬登，
與眾不同是一種祝福，
這會讓你顯得
很特別…

我已經厭倦
特別了！

特別讓人
覺得很煩！

你和德魯都應該
為自己能在這裡感到驕傲。
我自己就是這樣。
好好擁抱學校，
也讓學校好好抱抱你。

喬登，
我希望你快樂！

221

223

第 14 章
河谷學院中學人

227

嘿，艾希莉，等等！

喔，嗨，喬登。

這個…呃…妳想知道雅莉珊卓的手上為什麼老是套著布偶嗎？

難道不是因為她精神狀態有問題嗎？

她的精神狀態沒問題，但妳得答應我不能告訴別人，可以嗎？

你知道我的為人，喬登。

是啊，我知道。

竊竊私語、竊竊私語、竊竊私語

真的？

就這樣，艾希莉立刻出發用自己非常甜美的八卦到處授粉。

隱喻！

天啊！露比、泰莎、蘇菲，我跟妳們說喔！

229

嘿，各位，我也有疤，有人想看嗎？

沒人要看，葛拉罕！

我們做好心理準備了，給我們看吧！

（嘆氣）好吧…

就這樣？

什麼嘛，我們根本被騙了？！

我手肘的傷疤比妳嚴重多了，妳也沒看見我套什麼愚蠢的布偶啊！

可是…真的很痛耶！喬登有把事情經過全部告訴你們嗎？

233

235

238

哇…謝了！

我再把我媽好吃的奶酥蛋糕食譜寄給你。

你一定要試試看。

我會的。

嗨，我是雷曼…

我是尼加拉瓜人。

尼加拉瓜？在瓦干達附近嗎？

我們IG上見嘍。

沒問題！暑假愉快。

241

248

主要人物介紹

喬登 · 班克斯
爸媽安排喬登進入河谷中學就讀七年級，但喜歡畫畫的他一直想去的是藝術學校。因為膚色的關係，學校常有人誤認他是另一個學生「莫利」。

萊恩 · 蘭德斯
帶領喬登認識學校的「指導員」，也就讀河谷學院。喬登原本以為萊恩不喜歡他，但相處後發現不是這麼一回事。

莫利
和萊恩念同樣的學校一起長大。因為膚色的關係，常被認為家裡窮困，事實上他說父親是名列《財訊》雜誌前五百大企業的總裁。

阿克、肯尼、卡羅斯
三位是喬登以前的同學，沒有和喬登一起去念河谷中學。起初，喬登會因為和新同學萊恩比較要好，而感到尷尬，不知如何與阿克相處。

安迪 · 彼得森
經常取笑欺負同學，聲稱自己是「怪咖之王」。他是喜歡玩各式球類的柯林的指導員。

艾希莉 · 馬丁、露比 · 吳
同學笑稱她們兩位是八卦女。

安德魯 · 艾利斯
也是新來的同學，但第一天就被安迪嘲笑，他只好讓大家稱他「德魯」。即便德魯後來成為足球隊的明星球員，老師同學也常叫錯他的名字，以為他是之前的學生迪安德瑞。

推莉珊卓
總是戴著布偶手套的同學。

艾力克斯、雷曼
喬登的同班同學。因為都是新生，午餐時他們都被歸為「七年級魯蛇桌」。

獻給我的家人 Jay、Aren 和 Autier，
謝謝你們讓我成為一個更好的人。

謝謝我的天使 Judy Hansen，
我的編輯 Andrew Eliopulos、
Rosemary Brosnan 和
HarperCollins 的出版團隊，
謝謝你們接納我的觀點和想法。

謝謝 Marva Allen、Pam Allyn、Debra Lakow Dorfman、
David Saylor、Andrea Davis Pinkney 和 Andrea Colvin，
謝謝你們一路給我的靈感。

特別感謝為這本書上色的 Jim Callahan，
還有 Jacqueline Woodson、Jeff Kinney 和 Kwame Alexander，
謝謝你們良善的意見和啟發。

最後要真誠的感謝 Barbara Slate、Jim Keefe、Ray Billingsley、
M'shindo Kuumba、Eric Velasquez、Danni Ai 和 Jennifer Crute，
謝謝你們讓我成為更好的藝術家。

新來的同學

圖像館

作者：傑瑞·克萊福（Jerry Craft）
譯者：劉清彥
封面設計：達　姆
內頁編排：傅婉琪
協力編輯：葉依慈　呂佳真
責任編輯：巫維珍

國際版權：吳玲緯
行銷：闕志勳　吳宇軒　余一霞
業務：李再星　李振東　陳美燕

編輯總監：劉麗真
事業群總經理：謝至平
發行人：何飛鵬
出版：小麥田出版
城邦文化事業股份有限公司
地址：台北市南港區昆陽街 16 號 4 樓
電話：886-2-25000888·傳真：886-2-25001951
發行：英屬蓋曼群島商家庭傳媒股份有限公司城邦分公司
地址：台北市南港區昆陽街 16 號 8 樓
網址：http://www.cite.com.tw
客服專線：02-25007718；25007719
24 小時傳真專線：02-25001990；25001991
服務時間：週一至週五上午 09:30-12:00；下午 13:30-17:00
劃撥帳號：19863813　戶名：書虫股份有限公司
讀者服務信箱：service@readingclub.com.tw

香港發行所：城邦（香港）出版集團有限公司
地址：香港九龍土瓜灣土瓜灣道 86 號順聯工業大廈 6 樓 A 室
電話：852-25086231·傳真：852-25789337

馬新發行所：城邦（馬新）出版集團
Cite(M) Sdn. Bhd. (458372U)
41-3, Jalan Radin Anum, Bandar Baru Sri Petaling,
57000 Kuala Lumpur, Malaysia.
電話：+6(03)-90563833·傳真：+6(03)-90576622
讀者服務信箱：services@cite.my

麥田部落格：http:// ryefield.pixnet.net
印刷：漾格科技股份有限公司
初版：2021 年 7 月
初版六刷：2024 年 5 月
售價：399 元
（本書如有缺頁、破損、倒裝，請寄回更換）
版權所有·翻印必究

國家圖書館出版品預行編目 (CIP) 資料

新來的同學 / 傑瑞．克萊福 (Jerry Craft) 作；劉清彥譯. -- 初版. -- 臺北市：小麥田出版：英屬蓋曼群島商家庭傳媒股份有限公司城邦分公司發行, 2021.07
　面；　公分. -- （圖像館；1）
譯自：New Kid
ISBN 978-957-8544-78-9(平裝)

874.596　　　　110006409